爱的平凡与伟大

詹苾 著

长江出版传媒

长江文艺出版社

图书在版编目（CIP）数据

爱的平凡与伟大 / 詹苾著. -- 武汉：长江文艺出
版社，2025.1
　　ISBN 978-7-5702-3649-7

　　Ⅰ. ①爱… Ⅱ. ①詹… Ⅲ. ①诗集－中国－当代
Ⅳ. ①I227

中国国家版本馆 CIP 数据核字（2024）第 104529 号

爱的平凡与伟大
AI DE PINGFAN YU WEIDA

————————————————————————————————

责任编辑：胡　璇　　　　　　　责任校对：程华清
封面设计：祁泽娟　　　　　　　责任印制：邱　莉　　王光兴

出版：长江出版传媒 ┃ 长江文艺出版社
地址：武汉市雄楚大街 268 号　　　邮编：430070
发行：长江文艺出版社
http://www.cjlap.com
印刷：湖北新华印务有限公司

————————————————————————————————

开本：880 毫米×1230 毫米　　　1/32　　　印张：6.5
版次：2025 年 1 月第 1 版　　　　　2025 年 1 月第 1 次印刷
行数：3636 行

————————————————————————————————

定价：58.00 元

————————————————————————————————

献给父亲和母亲

詹苾

1974年生，湖南祁阳人。著有诗集《我是缪斯的孩子》《生活意义上的人》《在尘世的信仰中》，另出版有诗选集《詹苾诗选：不必要的愚智》等。

目　录

心　静

发觉内心，
所寻找的，
正是自己，
本具有的。

世界安静，
没有声音，
祥和喜悦，
如泉涌起。

修持偈

人生的真谛，与幸福的秘密——
不是获取多少功利，而是心灵自在安宁。

纵使觉悟诸般道理，时时切合并不容易。
唯有一年又一年，修持不已……

唱诗班的孩子

从感恩节到圣诞节，
孩子们一直在认真地排练。
为了新年的聚会演出，
给大人们一份惊喜。

每个孩子都是天使，
希望他们的心灵保持纯洁。
平安长大，具备抵御污染的能力，
祝福他们，永远无邪天真。

与琳达畅游记

黄昏时我们兜风到 D.C.

在余晖映照的马路上

你看到了酒吧门外

排着许多等候消遣的人

那天应该是个周末

大家怀有愉悦的心情

日常间熟悉的生活场景

你边开车边说些话

而我舒坦得就要睡着了

只记得你说这地儿乱

不能随便开启车门

我们行驶过去了很远

进入到一片宁静的夜里

醉心于前方的风景

返回时沿途已经没有人

只有一路的满天繁星

但在停车小憩的那会儿

有位警察突然来询问

你配合着降下车窗

双手平放在方向盘上

表明了自己是守法公民

这时候晚风轻拂大地

我们正好又踏上了归程

英年逝·悼舒云

生命尚未完全展开，
便已戛然而止。
像一条奔腾的河，突然停息，
留下无尽悲惶与哀思……

补记：哥哥急疾离去，令人难以接受，内心空
然而回避，逾两年始能面对，遂泣下如许文字。

不惑之时

人生就这么回事
当不觉走到了中途
已能看得很清楚——
前面的人正一日日老去
后边的人在一天天成长
平心走在半道上
确认了自己的来处
也明晰了去往的方向……

聪明就是有逻辑

1

学会了走路才能够跑，
理解了死亡才懂得生。

2

把舌头捋直了再说话，
将思维理顺了再写诗。

3

闻一知二便推理出三，
所谓聪明就是有逻辑。

京西时光

那是多么难得的清净日子啊——
平常一个人整理诗稿，回顾过往，
静等你的到来，充实这淡雅的生活。
只是世事缤纷，从肉体到灵魂，
就像缠绞的两丛水草，难舍难分。
成为生命里不可磨灭的记忆……

初相遇

你的性情涵养

拨动了我的心弦

就像平静的水面上

忽掀起阵阵波澜

只怕今生不再遇见

消隐于茫茫人海

空余梦中叹息的怅然

但愿能执手永远

往后日夜厮守长伴

迷路的老人

你认识我吗？
知道我是谁吗？

我找不到家了，
应该就在这周围。

你知道我住哪儿吗？
能够帮我找找吗？

我岁数大了，
记性非常的差。

后来，经过努力，
老人总算被送回家……

哪一句更妥切？

1

当你挑战独立思考，
便能感知真实人生。

2

当你学会独立思考，
你的肉体才有灵魂。

3

当你拥有独立思考，
生命将会变得完整。

4

当你坚持独立思考，
世界已开始属于你。

缅怀武训先生

再漂亮的躯壳也掩盖不了灵魂的肮脏，
只有人格的高尚才能彰显世间的荣光。
我仿佛看到先生一直行走在大地之上，
那闪耀的人性光芒使世人的心域明亮！

补记：我在想，如果有一天我们地球人需要向
外星人介绍我们的人性时，应当记得讲述武训
先生，他所展现的人性光芒足能使我们引以为
傲，作为我们悠久文明岁月里活过的一位伟大
生命个体，他值得让更多的人了解并敬仰……

谦傲之辨

"谢谢你对我的爱。"

"谢谢你接受我的爱。"

"我是可怜你才接受你的爱。"

"我也是可怜你才爱你的。"

"谢谢你对我的邀请。"

"谢谢你接受我的邀请。"

"我是看得起你才接受你的邀请。"

"我也是看得起你才邀请你的。"

"谢谢你的交流，更要谢谢你的提醒。"

"谢谢你的倾听，还更要谢谢你的回应。"

病态美

1

他总是端着一副高度冷淡的架势
神情中往往透漏出一股拿捏的威严
仿佛时刻在准备接受别人的崇敬
就像所有人都亏欠了他一笔钱似的
以为自己如同上帝一样恩赐施舍

2

她老是摆着一张极其幽怨的面孔
眉眼间常常流露出一丝揣测的矜持
仿佛时刻在等待接受别人的仰慕
就像全部人都辜负了她一分情似的
以为自己如同圣母一般博爱奉献

从杜甫到鲁迅

我们的世界早已生活了许多人
能体会到的思想均有过前人记录

本以为仅属个人触蹴到了的痛处
其实是还没理解他人抵达过的领悟

孤身困守在了众人皆醉的境地里
才明白先人发出过的大声疾呼

更多的人自我催眠进入了嗜睡场域
连从未清醒过的人都自诩"难得糊涂"

尘嚣曲

从前还是地域性争闹，
手段便颇显高深复杂。
随着技艺的花样翻新，
波及的范围就更加大。

人类已折腾了数千年，
世界被牵扯成全球化。
不仅仍未吵嚷出结果，
反倒失落了清静年华。

傍晚的广场上

"吃了吗？没吃到我家去吃！"
"别客气，你家没煮那么多。"
大妈大爷们热情地高声打着招呼。

凭借年轻时在大街上跳集体舞
夯就的扎实基础，大妈大爷们
放开喇叭，动情地跳起了广场舞。

重温也曾飞扬过的蓬勃青春……
被震撼到的街舞少年茫然望着
大妈大爷们激情的日常养生队伍。

看客们

双方起了冲突

激烈地争夺权益

四周布满看热闹的人

边看边发出喝彩声

间或还夹杂着观感评论

谁的本领高来谁又力气大

最后无论哪方赢了

大伙儿都爆发出欢呼声

继而把各自持有的花

恭敬地交他手里

五人录：真言与妄语

L君：一个挺知足的人

我感到自己活得蛮幸福的——
天天都有饭吃，一天会吃上好几顿
并且每顿饭想吃几碗就吃几碗
何况还有水喝，还有充沛的阳光和空气
生活已经够好的了，够奢侈的了
应当知足了，还能有什么不知足的呢

Y君：一个驳评论的人

要依托评论才可读懂诗歌的吗
脱离评论便不能看懂绘画了吗
我们的心灵是需要被评论裹挟的吗
就连吃饭与睡觉也要评论引导了吗
每一回欣赏，是评论让你感知好坏的吗
莫非没评论，都体会不到淋漓快感了吗

C君：一个常恋爱的人

其实每一次恋爱都是百分之百痴情
只是不知不觉又爱上了另外的人
我是个重感情的人，爱过就会刻骨铭心
总想把爱过的都请来一块儿吃餐饭
可是几大桌坐下来又怕倍加伤感
我是个讲情义的人，爱过便会难以忘怀

W君：一个想赚钱的人

有钱才会有一切，赚钱还得讲气魄
待资金足够了，我便把整个地球买下来
到时先将那瞧不顺眼的全开除出地球
不给他立锥之地就只有搬去别的星球住
哼！现在谁敢得罪我，敢不对我好
有钱还怕买不到吗，买下还能不赚钱吗

H君：一个赞网络的人

想逃离现实的束缚，投奔自由的网络
网上自有黄金屋，网上自有颜如玉
更有几头风口的猪，吹得飞到了天上去
且以自身经历在动情地表诉——
"梦想还是要有的，万一实现了呢……"
网络总能带来从未有过的欢欣和鼓舞

伪大师考

起先，咳咳——

某"大师"让物件隔空转移
声言自己拥有神奇的特异功能
其实那是个奸猾的骗子
只有魔术师才真是个厚道人

后来，嘿嘿——

不断有魔术师也猛地开了窍
纷纷宣称自己所展示的
正是真实的超自然的特异功能
以致如今"大师"遍地横行

俗劣之画

——青藤与八大同叹

令人痛心啊——

多么好的纸张，

多么贵的颜料，

没能造就一丝美感，

全都被糟蹋浪费。

不如返回哦——

还纸面以清白，

还颜色以单纯，

让那支涂抹过的笔，

恢复原本的洁净。

娱乐艺术

唱歌的和跳舞的，
都说为艺术献身。
却又止步娱乐圈，
仍号称是搞艺术？

刚说话即叫唱歌，
才走路也是跳舞。
若想上升为艺术，
须匹配精神力度！

表演者

只要是演了

便动了自个的心志

时代已经不同了

看官们的认知普遍提高

会注重内容的表达了

无论多好的演技

即使长得再丑

都很难成为实力派了

饭局指南

1

如果要使用筷子作为就餐工具
那么还是选择同时使用两根筷子
使用一根或三根及其他数量
都不会更有助于方便进食
事实证明两根筷子才是最佳选择
这应是每位用餐者具备的共识

2

任何食材均有不止一种做法
你喜欢的菜式或许别人不满意
他满意的口味也不会众人皆喜欢
况且每个人的食量还存在差异
是否吃饱又仅限各人自知
可确定的唯有大家都是来吃饭的

3

虽然主次各座大多并不熟悉
但是把酒言欢亲热地喝在了一起
都算是惯于应酬的场面人
几句奉承话已很快套近了彼此
须知出来混的总有一天会要还的
切忌失掉了风度依旧笑饮不息

圈　友

在阿猫的眼中，
阿狗是匹骏马。
在阿狗的心里，
阿猫是头猛虎。

期盼而等待……

人生是不同的每天组成的，
还是相同的一天重复一生？

——题记

该来的早已来了，
没来的不会来了。

岁月让你感到无奈，
时间使你终于明白。

一生太匆忙也太短暂，
承担不起太多的梦想。

人的精力更是有限，
事情难得做好几件。

纵然你心有不甘，
又能够怎么样呢？

生活本来就是这样，
看着好像有些虚幻。

或许期盼是一种信仰，
等待与坚持相隔不远。

美好存留在你心间，
依循惯性继续挚爱。

能懂的早就懂了，
未懂的不必懂了。

说十分不如做一分

你有理由不做什么，

也有原因不做什么，

还有权利不做什么，

可是一生总该做点什么？

并不是你会做什么，

也不是你能做什么，

更不是你想做什么，

而是事实已经做好什么！

半山亭记

不要去持久地凝视深渊，
哪怕只是短暂地俯瞰，
也有可能导致心智迷乱。

关注那些光明的事物吧，
既然有深渊就必定有高山，
只须回头仰望便可得见！

古琴声希

——听赟宗弹琴

散音旷远，似地鸣——
魏晋时的人，尚绝世风度
嵇康踞刑台，操奏《广陵散》
一曲终声即起，从容转离身
阮籍梦竹林，仍聚谈醉吟

按音悠长，如人语——
春秋时的人，惜至交知音
伯牙临汉阳，鼓奏《高山流水》
巍巍乎若高山，荡荡乎若流水
子期立一隅，不禁和声呼应

泛音清亮，像天籁——
上古时的人，具精神洁癖
许由遁颍水，抚奏《箕山操》
我欲借得此声，以洗耳净心
巢父复饮牛，无须上游行

乞讨人间

——希望你了解武训

其实我们来到这个世界，
何尝不是在向人间乞讨？
首先乞讨一份温饱，
尔后再乞讨其他的。

只是有人搬弄了些许概念，
将"乞讨"装扮成"追求"，
把自己尽量修饰得光鲜亮丽，
不像武训那样朴实纯真。

多少年来又有多少人如他一般，
极力回报并促使世界变得更好。
他已借助于乞讨的行为传递出精神，
帮我们最大限度提升了生而为人的意义！

伟大者

人都是平凡的，
但又做出了不平凡的事。

再不平凡的事，
也都是平凡的人做出的。

赤子心

活着是为了
努力使世界
尽量能变得
更加的美丽……

登山志

众人自不同的方向攀登，
朝着同一目标努力前行。
孤单地穿越艰难与困苦，
只为了相逢喜遇在山顶。

世界观

你我所见的世界其实是一样的，
只是孩子觉得还有另外的世界，
而成人认为世界就是某个样子，
世界也正是因此显得丰富多彩……

思维学

我们在人生岁月里……

一遍遍练习各种单向性思维，

而后于潜移默化中……

组配成了各自的复合型思维。

正 心

想得太多，
反而不快活。

别的不说，
只安定活着。

生活中的事，
是重要事。

少思且少虑，
自在地活。

夜长沙

在湘江的宽阔处——
橘子洲似一枚柳叶静卧中央。

一岸岳麓山，一岸长沙城，
满眼是人间的灯火辉煌……

从坡子街来到太平街，
晚风中都飘荡着臭豆腐的香。

人潮里头发涌动五颜六色，
把活力四射的心情释放……

冷酷现实

在生命的每一个阶段，
有着每一个阶段的事情。

没有一成不变的生活，
也没有一劳永逸的人生。

你无法主动挑拣事情，
但事情却开始追赶着你。

只能勇敢地面对生活，
去坦然接受当下的人生。

父子传

孩子，爸爸跟你所讲的
是你在别处听不到的声音
有关这个世界，我们的人生
被岁月积淀的阅历和体会

为的是能给你参考与建议
往后的日子少一些困惑
多一点坦然面对生活的动力
提示加启发，引导或鼓励

这些隐秘的经验及感悟
是爸爸的爸爸也曾讲过的
爸爸过去的时光已有了验证
有天你会讲给你的孩子听

空　悟

实相执念，
皆由心生。
梦幻寂灭，
皆为泡影。

丙申秋·离父

一切已尽，
时光待启。
人生至痛，
定格回忆。

2016 年 10 月 11 日

寄父书

这一生，经历如此幸运，
你的后半生，我的前半生，
这重叠的时光多么美。

直至流下了离别的泪水，
我的世界已不再完整，
心也渐渐变得无力且破碎。

我开始不惧怕死亡了，
因为那儿有了我崇爱的人，
让我感觉到亲切与温暖。

而今只可在梦中再见你，
若是真的有来生多好，
你会认出我，我也记得你。

旅人行

在无垠的宇宙中，
地球在寂寞地飘移。

你坐在地球的悬崖边，
孤独地悠荡着双腿。

飞鸟吟

只有看完了整片森林，
才知道哪棵树最大。

从而找到喜爱的一棵树，
心无旁骛，安顿下来。

于归途

直到从世界尽头返回
才发觉来时的路上
曾经错过多少心仪的风景
醒悟的人一路感叹不已……

长相思·致父三首

我想起了小时候，
爸爸教我古诗词……
——题记

其一

秋风悲，秋风寒。
仓皇相别人世间，
冷清在眼前。

幻梦灭，幻梦残。
此生缘尽不复见，
知心话未完。

其二

千盆泪，顷刻飞。
诸般念想俱淹没，
哀恸如雨悲。

心欲碎，痛难挥。
常忆旧日紧相随，
离人已不归。

其三

深一脚，浅一脚。
南水淌向北山坡，
浮世独漂泊。

风也过，雨也过。
回首人生多寂寞，
夜静读诗歌。

清明祭

你走之后，
世界荒芜一片。
物换星移，
一切还不曾改变。

轻柔的风，
吹乱我的思绪。
飘扬的雨，
又模糊我的视线。

恍若隔世，
依旧满目疮痍。
你未走远，
一直都在我心间。

少年游

只愿少年鹤立鸡群，
不求老来衣锦还乡……

始终记得最初的美好，
历经多久也保存内心热望。

在人生起伏的岁月里，
远去的唯有追寻的时光。

年少时满怀梦想走四方，
走来走去还是回到了老地方！

在人间

有些事属于人的宿命，
每个人都只有独自面对。

就像生老病死，没人可免，
已成世人无须言说的累。

经受了人生反复地淬炼，
心渐趋精纯，人更为高贵。

体会到做人的酸甜苦辣，
才算活着的正常人类。

妈妈的药

——侍母备忘录

福人　补心气口服液

汉森　四磨汤口服液

盘龙　盘龙七片

天成　碳酸氢钠片

亚太　螺内酯片

圣华曦　坎地沙坦脂片

瑞阳　盐酸曲美他嗪片

乐邦　麻仁胶囊

天士力　复方丹参滴丸

新汇　阿司匹林肠溶片

恍然是余生

如果早知人生是这样，
便会更从容地生活。
自日出而作至日落而息，
每天都要平静地度过。
不再焦虑与纠结某些问题，
日子也过得格外地快乐。
好在跟随生命亲历去省悟，
终于明晓了此层道理。
岁月正在无情流逝，
眼下的时光就应这么过。

午后的咖啡馆

——给红姐，想起戴哥的同题油画

我们并不想喝点什么
只是为了找个地方坐坐
说会话也好，不说话也行
感觉适意，悠闲自得
我们可以什么都相互诉说
也能不说什么便彼此明白
想走的时候我们就走了
起身穿过窗前婆娑的光影
脸上一直安静地微笑着……

咏 米

当生米还是生米的时候，
未被你煮成熟饭之前，
一切都宛若美丽的初见，
她晶莹洁白的外表下，
闪现出坚挺的光泽与娇艳。

将她的身子添加一些水，
用满腔热火予以深情温暖，
她的肌体便变得很饱满，
散发的气息也分外的香甜，
尤其口感还特别的柔软。

你爱她生米时的羞涩，
更爱她被你煮成了熟饭，
你总是高兴地来一碗，
那么开心地吃了好多年，
吮取的情感日久且又深远。

补记：京城一笑乃吾年少所结就之良友，其性
情奔放且最好美食，精研厨艺而心宽体胖，为

知交心目中分量极重之异士。当年诸朋欢聚佳期，其常以小砂锅装盛优质大米，面置香肠腊肉等筵膳肴馔，独立灶台专心文武火制，少顷浓香四溢即菜饭功成。今得悉其不日将喜获贵子，遂叹光阴荏苒已不再少年，然回望旧时烹饪绝世珍馐之雄姿，犹忆想昔日笑谈人情世事之豪言，吾于万千感怀难抑之际特记诗为念！

那时候海誓山盟

世界并没有改变，
改变的是我们自己。

有一年在后海划船，
穿过银锭桥洞的片刻，
你我热烈地亲吻……

有一年去香山赏叶，
行至双清别墅的树下，
你我激动地拥抱……

一切似乎都已遥远，
哦，只有风如故。

打麻将的人是幸福的

——三位大妈与一位大爷的手谈

筒子大妈吃牌时说：

自从人类学会了直立行走，

知道了穿上衣服之后，

许多问题便开始变得复杂起来了。

条子大妈碰牌时道：

只有一个月亮，得赶紧挣钱，

若是叫别人抢先买了去，

到时候又将怎么实现人生的夙愿？

万子大妈杠牌时讲：

为了给生命做出应有的贡献，

每天坚持亲自吃几次饭，

真的是太不容易了，也太辛苦了。

白板大爷自摸和牌时发言：

越无知的人反倒越爱显摆现眼，

除了个别自省好学的天才，

大多数人都误以为自己理所当然！

强辩辞

要是世界上人人水平都一样，
还需要警察、法律和监狱干什么！
既然人与人的智商存有高低，
难道犯些错误就不能谅解一下吗？

懒得跟你们讲那么多的道理，
情商出了问题，是情商不是智商！
心胸不够大，气量也特别小，
莫非有点过失都不会包容一下吧？

虚妄辈

朗然信口愚鄙话，
闻者惊愕现红颊。
自且不羞多淡定，
面泛无知微笑挂。

蜜蜂与苍蝇

认知的，理解的，向往的，
是截然不同的两个世界……

渴盼的，梦想的，追求的，
是完全相反的两种生活……

个个都是世界第一

——谁又会觉得自己比别人差呢？

要装就装个有钱人，
既满足了自己的虚荣心，
又结交到一帮旨趣接近的人；
大伙在一块相互吹捧，彼此温暖，
人生过得是多么的惬意。
这也算最方便快捷的成功了，
不仅高速直达，并且安全合理——
所遇见的大多都是糊涂人，
除了有点嫉妒，只剩羡慕的份；
偶尔碰到一两个明白人也没啥关系，
人家已懒得耻笑，更羞于搭理。
往后呀，就放心地当个"上流人"！

机锋加棒喝

千万别说看不起你！
我连看都没有看，
又何来看不起与看得起？
切勿自恋得过了分。

也请莫要同我"比"，
你一比就叫人感到羞愧！
无论结果好或坏，
这能有多大的意义？

我只是在默想——
究竟"呸?"和"滚?"
哪个字更为妥当地表达，
怜悯中的一腔悲愤！

俗尘的烟火颂词

——煮饭也是一项技能

你不仅会吃，而且还会煮，
手法很精湛，软香正适宜。

你并无种植，也未曾收割，
只是买过来，就知怎么煮。

别说一斤米，哪怕是十斤，
你都能煮熟，挺大的本领。

煮了喂自己，养护好身体，
你值得骄傲，必须被赞美。

心在痛

2019 年 12 月 15 日记：

母亲今天不进食，

我感到很着急，

却又找不到一个可依靠的人。

父亲，我想起了您，

也只能告诉您……

闪念过后，才明白您已不在了。

哦！父亲——

这三年我多么不容易，

我想您，特别特别想念您！

谁的人生不苍凉……

原先还以为说的只是别人的故事，
后来才发现讲的就是自己的生活。

这个世界相对个体而言是个悲剧，
无论如何，每个人终将都要离去。

但是对于群体来说，充满了意义，
传承了一代代人相继奋斗的成果。

一个人怎样过，也不过短短一生，
最好是善良正直、健康向上地过。

庚子春·别母

尘世分离，
心止无悲。
往生极乐，
终将再会。

2020 年 4 月 5 日

孤绝之境

许是要通过不懈努力，
才能吃上常人吃不到的苦。
这不一样的苦与众不同，
仿若人生旅途的极致风景，
那样孤独和绝美……

人啊人……

被禁锢在了大地上，
只能体会世间的事。
历春秋交替，岁月轮回，
经悲欢离合，生老病死。
我们皆为红尘天使！

尘梦碎

原以为，就那样
一直生活下去该多好
有爸爸，有妈妈
恬静祥和且温馨的家
可是生命有尽时
花要凋谢，人要离别
光阴易逝人易老
走着走着，便只剩下
我一个人了……

悲痛记：2011—2020

生离和死别，每隔两年来临一次。
十年，五位至亲与挚友接连逝去，
生活把我击打得，已遍体鳞伤……

哥哥、宝民、父亲、新会、母亲。
你们让我彻底明白：在这人世间，
写诗跟读诗，是最奢侈的事情……

补记：这十年，悲伤一个接着一个——
来不及怀念，只有铺天盖地的无尽悲哀。

稚诚欢

儿时不觉乐，
梦想寄将来。
今闻孩童笑，
方知思当年。

同成长

——脚踏实地，志存高远

你好像过去的我，
我就似未来的你。
此刻你所喜爱的，
是我年少时的诗。

给孩子的答案

——寄语东洲，人生顺遂

我所能够告诉你的，
就是我并不能告诉你什么。

都是头一回来到这个世界，
心里定有迷茫颇多。

自己觉悟了方可解决问题，
道理皆隐匿于生活。

边活边学不忘总结，
以期抵达平静无悔中度过。

我们喝茶聊天

你所提及的北上广，
只当是热闹的大工场。
要想讲求生活质量，
还得挑不堵车的地方。
人口不多也别太少，
空气清新且透着明亮。
最好是有山又有水，
足以承载人们的梦想。
大家不用行色匆忙，
拥有各自的悠闲时光。
这是个朴实的向往，
唤醒了我心底的渴望……

上海清晨

从湿润的空气里醒来

梦中软语还在耳畔回荡

这自海面吹起的风

掠过林立的高楼大厦

缓缓地拂在了身上

吾把头伸出阁楼

望见侬跟伊站在弄堂口

阿拉阿拉地拉着家常

远处传来黄浦江的汽笛声

外滩海关大楼的钟正在敲响

我一个人

随风飘荡……
随风遨游天地间。

如今，我似一只
断线的风筝了。

不知方向……
不知停落何处去。

现在，我是一只
断线的风筝了。

病中记

从水草丰美的盛时，
到齿发稀疏的暮岁。
身心恍若一夜之间，
神形已然苍老呈现。

2020 年 11 月 25 日—12 月 8 日

岁月已斑驳

—— 致青林兄，江南如故

这些年我在生活，
在连续的日子里感受人生，
体会生命的高昂与低沉。

这些年有时候刮风，
但大多是寻常的平淡宁静，
偶尔下雨也间或天晴。

这些年有不少人逝去，
同时有许多人降临，
一切仿佛眼前流动的风景。

漫游吴越吟

迎风破万里，放眼望千年。

且叹是游子，唯憾非归人。

——题记

吴地行旅

从扬州到苏州，

瘦西湖与拙政园。

经过镇江、常州和无锡，

西津渡、古淹城、鼋头渚。

千年江南风物，

尽揽世间富庶。

蘅塘退士

孙洙与兰英，乐居无锡城。

商榷编诗选，娴静又温情。

——凤凰于飞，琴瑟和鸣！

1764 年版《唐诗三百首》，

隐含滋养心智的良苦用心。

——雅俗共赏，老少皆宜！

历代人"熟读唐诗三百首"，

验证了"不会吟诗也会吟"。

——辉映中外，冠绝古今！

情满太湖

我爱这湖畔生息的人，

秉节持重的格局和品行。

（春秋往事，吴钩越剑，

夕照下粼粼波光在闪现。）

范蠡偕西施泛舟湖面，

孤帆远影早已消失不见。

（功成身退，归隐田园，

暮霭中升起了袅袅炊烟。）

相爱就像太湖般深广，

浩渺里映显出悠悠长天。

（白鸥翻飞，红霞做伴，

此后你不愿再爱得肤浅。）

西湖绝恋

一对男女在断桥遇见，

好像水与岸，吻合无间，

——灵魂交契，痴缠千年。

雷峰塔似爱情纪念馆，

铭记这样一场旷古奇缘，

——考证传说，露底再现。

很多人来到了西湖边，

不由想起白娘子和许仙，

——塔倒重聚，爱会永远。

古越绍兴

在异代共居的山水间：
和王右军挥写《兰亭序》，
同陆放翁诵咏《游山西村》，
跟徐青藤描绘《驴背吟诗图》，
与周树人记述《阿 Q 正传》。
诗文书画，地灵至境……

灵魂之侣

灵魂之侣

你我都曾到达世界的尽头，
亲历最苍茫的风景……

毅然携手摒弃无序幻象，
投身轰轰烈烈的现实生活……

心喃

我爱诗，比爱你更早，
但你是我，最爱的一首诗！

不枉过此生

人生中所遇到的
就那几种人，几类事……
你是特别的一位。
与你相逢，是我生命里
日益重要的事情……

在山路上

这时节特别的宁静

清新的空气迎面扑来

挟带着泥土的芬芳

快到阳春三月了

已露出花红柳绿的迹象

和风细雨的山路上

走来了一支送葬的队伍

白衣素服，哀乐浩荡

又有人离开了我们

大家送他最后一程

令人感到多么的悲凉……

回首皆惘然

——遥寄姜雷，旧时难忘

那时候都还只有十几岁，
心中总会怀揣各种梦想。

也曾多么渴望人生欢畅，
可是生活蕴藏太多风霜。

现如今转眼已过几十年，
早就不觉历尽万般惆怅。

当时光远逝而日子依旧，
唯望往后岁月平静如常。

戒了吧……

所有清淡的日子，
那些浓郁的夜里，
只有香烟陪伴你。

你想要新的生活，
还是把烟戒了吧，
让自己抚慰自己。

利智立断

突然才发现
有这么多垃圾
之前竟然还珍惜

现在已明白
掩藏在角落里的
原来尽是废物

迟早会要清理
倒不如就此舍离
得来了干净

一位有身份证的人
——个人简介范本

地球人。居民、户主、家长……

毕业于驰祥驾校，荣获中华人民共和国驾驶证
（达到 C2 级别，兼具 C1 背景）。

同时有北京和上海的交通卡，系多卡持有者。

是迈锐斯健身中心的创始会员，万联超市终身
贵宾会员（尊享会员日双倍积分特殊津贴）。

也是移动联通、腾讯阿里、石油石化等名企的
高级重要大人物（一般俗称 VIP）。

且还掌控多家银行卡，系世界各大银行的基本
股东之一。

户外健身散记

——赠建华兄，同游共乐

我们穿越山岗，徒步田野，
用心灵去领略大自然的美。

一路上交流健康的秘密——
合理饮食，适当锻炼，充足睡眠。

平时增强蛋白质和纤维素，
避免过多摄入脂肪及糖类。

那满山的水果、遍野的蔬菜，
富含人体所需的维生素与矿物质。

你我补充适量的水，喜悦前行：
摆脱沉重的肉身，灵魂高昂又轻盈！

深秋的黄昏

现在我常常怀念过去，
想起了曾经的不少往事。

天气已逐渐变得寒冷了，
人们换上了厚一些的衣服。

那空中随风飘飞着的落叶，
有如是一片片枯萎了的泪滴。

我望见夕光里坐有一位老人，
好似我的父亲，也像我的母亲。

温故知新

——集句诗三首

励　心

(《法华》《坛经》)

一切众生，
皆可成佛。
本自具足，
莫向外求。

闻　道

(《老子》《论语》)

朝闻道，夕死可矣；
德不孤，必有邻。
下士闻道，大笑之；
不笑不足以为道。

诗　魂

（《唐诗》《宋诗》）

朱门酒肉臭，
路有冻死骨。
遍身罗绮者，
不是养蚕人。

无　题

能懂的，
只须看，
就明白。

不懂的，
再解释，
也枉然。

好也罢，
坏也罢，
在眼前。

你写了，
我读了，
有答案。

诗　志

除此之外，
再也没有，
更精妙的，
言语表达。

自喻史

魏晋童年风骨正，
唐宋少年不羁吟。
民国青年热血志，
当代盛年砥砺行。

诗无邪

我是缪斯的孩子，
生活意义上的人。
在尘世的信仰中，
爱的平凡与伟大。

岁月不饶人

——兼答友元兄

写一首诗需要殚精竭力，
如同大干一场只剩疲惫。

现今我也算是年纪虚长，
心劲儿早没了先前充沛。

有的年轻人能天天写诗，
一天十首八首都不嫌累。

而我一年才记录下几首，
就已经感到满足和欣慰。

写给修竹的诗

以前，在北美旷野上，
你和我谈起耶稣，
彼此兴奋得心潮难平；
我与你叙说武训，
相互感动得眼含热泪。
这就是伟大的魂灵，
会永远激励着我们……
那是多么美好的日子，
伴随我们回不去的青春。
纵然如今远隔万里，
时光改写了太多事物，
生活也已面目全非；
只愿再见时，心还年轻，
血仍未冷，依旧沸腾！

暮色苍茫，默对无语

沉重的大幕已徐徐开启，
轮番上演一出出世间残酷。

从前还想要去选择生活，
如今却在承受时光的摆布。

所向往的总是求而不得，
懊丧中忽又记起也曾幸福。

往事渐远，心终归零乱，
唯有运动能促使头脑清楚。

世间的沧桑

这世间的人，不是一好就好得
十全十美，一坏就坏得一无是处。

人性如此复杂，人不应过多地
要求别人，该做的只有提升自己。

我行走在世间，活着，思考着，
也表达着，用心记录，淡然悲喜。

爸爸妈妈，你们带我来到这里，
又只留下了我一人，我想念你们。

尘旅：神是完美的人

生活终究简单，

无须屠龙之技。

——题记

修行说

善恶相间，知善知恶。

勤加修行，离恶向善。

若不离恶，恐成大恶。

修行向善，渐近至善。

初心易忘，常须修行。

内观自省，去恶存善。

人性如此，代代复始。

唯持修行，抑恶扬善。

信仰谈

至圣为本，化身各地。
释耶回道，众教林立。

世人相异，因材识义。
诸多困惑，分辨不已。

静心见智，明心知理。
人间信仰，神性同一。

做个好人，爱真善美。
此生珍重，自律欢喜。

人性论

人性奥秘，优劣兼备。
既具神性，也含兽性。

人性更动，或可变美。
道德善良，逻辑理性。

人性修正，努力上进。
去除兽性，保存神性。

朴实真诚，柔软谦卑。
神性闪耀，人彰显神。

弃绝歌

——守服三载

你我在尘世，
相逢又离别。
心底停留下，
苍凉与伤悲。

只须能记起，
这一份情感。
人间总算是，
没白来一回。

2023 年 5 月

附录：旧作选

友　谊

我们或是蓝眼睛黑眼睛

我们或是白皮肤黄皮肤

只要我们相会

我们便是真诚的朋友

有缘　千里来相会

不管我们是男是女

友谊　使我们的心灵通行

我们或是在南半球生活

我们或是在北半球居住

只要我们相识

我们便是忠诚的伙伴

有缘　千里来相识

不管我们是老是少

友谊　使我们一样的年轻

历　史

不经意间的事情
成为过去以后
在一个寂静的夜晚
你说感到怀念

想象中的故事
还没有感觉到的时候
就发生了
你说感到突然

那是很久很久以前
很久很久以后的现在
这是你的口头禅

过 关

挤呀挤呀挤呀
许多人聚集在一道关口
挤呀挤呀又过去一个了
那些没有过去的还在挤

这是一道难过的关口哟
每个人都得挤呀挤呀地过
挤呀挤呀挤呀
挤过去就好了
这是每个过关人的信念

挤呀挤呀挤呀
挤过了一道关口
又有一道关口出现
挤呀挤呀挤呀
挤过去就好了

在平原

我不知道要去什么地方
那一望无际的平原
车在平原的腹地穿过

我知道再远去就有大山
车过平原的时候
我说不清留恋或者向往

我看见一只鹰在平原翱翔
在平原我想起鹰属于大山
鹰在平原或许也是经过

车过平原有一种开阔的视线
鹰的翱翔只是一种点缀
我很想看看大山看看大山

爱

给我　这所有的一切
这些爱和不爱的所有
让我轻轻拥入怀里
我会全心全意去爱

我因此幸福无比
这永生永世的爱
人类为此无数次歌唱
这联系万物的纽带

学会爱这所有的一切
学会一种爱自己的方式

音乐响起

站在海边

音乐的手伸向我

看不见一棵树

或是其他一些什么

我是不是再哭一次

少年已经远去

熟悉的只是一首老歌

闭上眼睛吧

闭上眼睛静静地想一个问题

音乐响起来了

我孩子般落寞地哭了

不为什么

我只是想起了一首老歌

流浪的米拉

我的眼前走过一个小孩
那是我的小小的米拉
他要去流浪
我的米拉有着一双明净的眼睛
他总是那样望着我

他不知道去什么地方
他说地球圆圆的
走来走去还会走到老地方
他说人生有许多美好
他在想该走哪里去

我的小小的米拉
让我和你一起走吧
让我俩一起去看看世界
想象这个世界属于你和我
而我的米拉却摇摇头

哦，小小的米拉
他少年的脸庞紧紧依着我

我看到他一双明净的眼睛

扑闪着一串泪珠滑落了

他说世界就是你和我

老屋往事

那是深秋的一个夜晚了
老屋长满青苔的高墙
和破旧多年的楼阁
被月光染成的青蓝空间笼罩

我坐在老屋天井的石板地上
听老爷爷讲前朝的繁华
这是关于老屋的一段往事
往事中老爷爷还是我这么大

我闻到一股湿润的泥土气息
感觉中我越过一段时光
抵达我生命没有经历过的岁月
我知道这就是历史

老爷爷沧桑的眼睛望着我
讲述发生在我出生以前的事
我听到了墙外传来久远的曲子
是洞箫如泣似诉的低徊

仲夏夜少年

今夜有许多忧伤

关于人生有许多的迷惘

独自走在寂静的街上

还有一轮深夜不归的月亮

陪着一起游荡

抬头仰望点点星光

迎面吹过来清爽的夜风

轻拂起微敞的衣裳

生活的痕迹

我们默默地生活着

偶然间发觉以前的痕迹

心中便久久不能挥去

这就是我们的生活

它水一样地流去

却留下了一些痕迹

表明我们曾经那样生活过

给我们无穷的回味

心中翻腾不已

而生活缓缓地流逝

只留下一些痕迹

回首时我们充满疑惑

我们是否有过生活

只有那些痕迹让我们感到

我们真的生活过……

老人言

孩子，你说的这些困惑
我从前也曾经历
其实这些就是人生

孩子，你问的这些问题
我小时候也问过大人
但是谁也无法说清

孩子，你要自己去感悟
当你活到我这个年龄
也就明白了其中的奥秘

少年歌

少年

爱飞翔的是鸟
爱梦想的是孩子
而你正在长大
梦想在渐渐变老
你满怀忧虑
在风中呼啸着奔跑
心在飞翔
血在燃烧
生活已到眼前
人世间喧哗不断
喧哗中宁静不语的
是少年

少年歌

孤独，孤独
莫名的心情如故

孤独，孤独

莫名的心情再次重复

成长，成长

像野草一样生长

成长，成长

像野草一样杂乱无章

我的祖国

长江和黄河是两行泪水，
一行清澈，一行混浊。

经历五千年沧桑的泪水，
一行汹涌，一行干枯。

献给爱人的诗

荒野里默默地卧着一座坟墓
矮矮的墓碑上刻着两个名字
爱人啊，那是一座双人合葬墓
它表明有人相爱着度过一生

多年后他们的坟墓即使融入大地
刻着他们名字的墓碑残缺破碎
没有人再会知道他们不朽的爱情
他们化成了泥土依然紧紧依偎

爱人啊：将来我们也合葬一起
生，我们共担冷暖经历世事
死，我们继续相爱永不分离。

在浴缸中

我把浴缸放满水
让自己浮起来
看身上的泡沫破灭

想象是在山林里
自由地浮游于清流
尽情地观望蓝天

而我只是在浴缸中
还未洗净身体
便已疲惫地睡去

失眠夜

我把星光分成两半
一半在陆地，一半在海洋
而我的天空一片黑暗
没有一点星光

这是他们的世界

这个世界已经古老得僵硬
到处都是尘土到处都是喧嚣

人们面挂虚假的微笑佯装幸福
你耻于堕落到和他们为伍

这个世界已经滑稽得令人绝望
泪水无法洗去灵魂里的肮脏

而你又能逃到哪里去——
逃到哪里都是在这个地球上

金子的光芒

是金子你的光芒就一定不会被埋没，
每一块金子都具有埋没不了的光芒；

是金子你在黑暗中光芒也不会暗淡，
你那永不磨灭的光芒会把黑暗抵制。

是金子别人说你是铁你依然是金子，
而铁把自己装扮成金子也依然是铁；

是金子只让自己的光芒来表明自己，
没有光芒的是铁有光芒的才是金子。

我们在尘世中

你说黑夜无法入睡
你说人生怎么会是这样

人生其实就是这样
人生不是我们曾经想象

世界处处都有残忍
世界比我们想象中寒冷

又有谁会告诉我们
又有哪个能说得清人生

我们需要更加坚强
我们应该坚持健康向上

人为什么活着

我们从哪里来要到哪里去
我们活着的意义是什么

我们探寻生命的结果
我们理性地思考感性的生活

我们世界的根本是人与人组成
我们大家在一起共同生活

我们追求生活中的幸福
我们因为幸福的诱惑而活着

我们活着意味着一切可能
我们活着体会生命的幸福感觉

我们是生命不息的传承者
我们用爱把生命和生命相接

我们活着是生命的目的
我们希望生命骄傲地活着

人　性

人性在善和恶的中间
左右摇摆

善的人性
无法想象出恶有多丑
恶的人性
无法想象出善有多美

人性是善，看到是善
人性是恶，看到是恶

要让恶的人性相信善
比让善的人性相信恶
更难

人性的善在把恶压制

一个人死去

许多年过去了，
这个世界有了许多变化。
一个已经死去的人，
悄然淡出了活着的人的记忆，
不对这个世界有什么影响。

只是一块墓碑或一句诗行，
表明曾有一个人来过这个世界，
留下了一丝淡淡的印痕。
还有许多没有留下任何印痕的人，
来过又离开了这个世界……

一个死去的人他是谁？
一生有过什么幸福和什么痛苦？
对这个世界有着什么感悟？
一个人死去了也就死去了，
活着的人是怎样活着依旧怎样活着。

古　寺

深山里晨曦初露
古寺从清静中醒来
钟声传出很远

众人慕名涌至
古寺的香火顿显旺盛
如尘世般喧哗起来

来者都是游客
都不是信徒
暮鼓敲响时方才散去

修行人扫净庭院
默想起前生来世
古寺复又清静下来

快乐的人

我在池塘边
盖了一间木房子
周围种满了竹子……

我养了群蜜蜂
看它们飞远
采回来甜甜的蜜……

我离开纷扰尘事
平静地生活着
自由地思考问题……

我在白天唱歌
在夜晚跳舞
是一个快乐的人……

夜行者语录

1

一样的形态
不一样的意义
透过表象深入本质
努力接近实际

2

交流是多么重要
心与心的交流是多么享受

3

这或许不是最好
但这是所能做出的最好
也只有这样才有可能到达最好

4

只有事实离真实最近
尊重事实是成熟的开始
努力保持理性
还有建立在理性基础上的感性
做一个灵魂真实的人

5

这个世界美好和丑恶同时存在
努力寻找自己爱的部分

6

在生活中学会生活
在不侵扰别人的前提下
过自己的生活

心境平静和自由

7

不管是幸福还是痛苦
这都是生活的本来面目

8

让糊涂人羡慕
被明白人耻笑
是多么悲哀的事

9

人不能够要求别人
只有自己才能够要求自己
从道路的终点出发
去探寻真的风景

10

这只是表达出来的
无法表达所想表达的全部
那些失落的诗句……

阳　光

阳光普照在大地上
透进昏暗的角落
光亮中显现尘埃飞扬

飞扬的是不屈的灵魂
阳光把所有的生命温暖
把每一颗心灵照亮

照亮了你和我的眼睛
你望见了我，我望见了你
我们望见了明媚的世界

世界是多么的宽广
阳光万里，自由地翱翔
万物正在茁壮地成长

唐朝少年

在千年之前的长安街头
少年的我勒马回望
晚风中飘来了半阕别离的歌

我是个仗剑吟行天涯的过客
游江南听春雨，踏塞北望大漠
扬鞭策马遗一路轻烟而过

当某夜于寂寥的客栈梦醒
发觉千年过后的今日
行吟的我独自在尘世中漂泊……

爱的力量

许多已经沉睡了的爱
在不知不觉中开始苏醒
是爱悄悄唤醒了爱

爱让绝望的心重见希望
让枯萎的心重获新生
再次具备爱与被爱的活力

爱给予心灵无穷的勇气
爱传递了爱，爱催生了爱
爱拯救了所有的一切

爱把黑暗中的灵魂点亮
让看惯丑恶的灵魂相信善美
彰显出无限的荣光与神圣

爱安抚了生命的痛苦
从此感到更多人生的幸福
告诉了人们活着的意义

学习爱并且领会爱的真谛

不断坚定生活的信心

爱是无私的天然的本能

农夫梦

我每天都会吃饭

却有着很长一段时间

不关心粮食是怎么来的

从播种到收获的过程

这中间的许多工作

我还一直没有参与过

尽管每天都要吃饭

但是感到这再正常不过

没有想过养活自己的粮食

是谁辛勤帮我收获

虽说社会是个大家庭

人们一同分工协作

为了彼此更轻松地生活

做着相互需要的不同工作

可我总觉得生命有遗憾

人生还缺少一些什么

自己从没有亲手收获粮食

真实地自己将自己养活

我期盼着有一天

自己也能去种植粮食

亲历从播种到收获

参与人类最重要的工作

体会粮食生产的壮美经过

或许这永远是个梦想

至今我还没有实际去做

依旧每天都在吃饭

继续做着一些别的工作

没有亲手收获过粮食

也没有对养活自己的恩人

当面鞠身说一声谢谢

只是躲在远离田间的地方

写首他们看不到的诗歌

走钢丝的人

你小心翼翼地走着
带着精神的重负
独行在生活的内部
这是一条不能回头的路
你慎重迈出每一步
心中伴生无限的焦虑
总怕有某一步失误
一下坠落未知的底部
这是生命中的险途
时刻担心对平衡的把握
你已悬在了半空中
没有别的可选择的路

江　南

在这烟雨迷蒙的江南
小桨划进了梦中的流水

有缘的人在这里相逢
在桥上依偎着看风景

携手穿过那长长的小巷
消失在那白墙黑瓦的后背

多少流年，多少旧事
那些相爱的人去了哪里

生活着

原谅我堕落到红尘之中，
我是想得到爱，得到幸福；

我在生活中寻找着生活，
寻找自己内心想要的生活；

我在漂泊中渴望做个美梦，
能够梦见童年，梦见故乡；

我想好好活着，好好生活，
有时间的时候，就读读诗歌。

日渐苍老的父母

想起日渐苍老的父母，
便有种切切的心痛。

父母似一条启程的路，
呵护我们蹒跚起步；

我们却似飞翔的小鸟，
离开树的怀抱渐渐远去。

不管我们去到哪里，
都要记得那条回家的路；

路的另一头有眺望的目光，
有我们日渐苍老的父母。

北京，北京

这是一块宽厚的水泥大饼
坚硬地塞进了大地柔软的嘴唇
喜欢扎堆的人们挤在了一起
呼吸的气流刮起了一阵阵沙尘

爱你的人和你爱的人都有很多
紧密偎贴在那疾驰的地铁里
恨你的人和你恨的人被堵在路上
跟随着蠕动的车流缓缓地前行

只有一位老人停在了高楼之间
默默细数着空中飞翔的鸽群
体会着历史沉淀过后的漫漫光阴
感受到夜晚才有的安详与平静

忘　年

——致长智伯

我们在人生的某年相遇，
隔着岁月茫茫风霜……

年华远去，记忆变得悠长，
许多人从我们身旁经过，
我们在人海里默默寻找对方。

人生某年，四月的第三天，
我们的心灵逾越过岁月的沧桑，
好像梦一样，却又是真实，
有我们才能感觉得到的时光；

那是个黑夜，还透着寒意，
温暖把我们的生命突然照亮。

去博物馆路上

你在汹涌的人海奔忙，
心中落满了疲惫的忧伤；
你在浮躁的都市梦想，
开始找寻着精神的故乡。

哦，那是清净的地方！
你满怀着心灵的向往，
穿行在喧嚷的大街小巷……

在祁阳街头

——给宝民兄，散步感记

我们站在熟悉又陌生的街头，
望见从身旁不断路过的人——

人们带着不同的神色与心情，
从不同地方来，到不同地方去；

他们走在自己的日常生活里，
成为彼此生命中流动的风景……

大家来来往往地在街头交会，
经历着一段同样的时光和人生。

未名湖畔

——赠学友兵武

那一年的风吹过未名湖

吹散了博雅塔的倒影

年少的我们在湖畔漫步

交流各自思考的问题

我们聊着聊着感觉到沧桑

成长的迷惘如风相随

直到挥手各赴前程

去经历我们求索的人生

许多年就这样过去了

未名湖的风一年年吹过

博雅塔依旧巍然屹立

漫步的人换了一拨又一拨

也会交流起同样的问题

风吹过了湖畔的人群

恍惚又见我们年少的身影

青春不死，理想永生

——献给五四时期的人们

那时候的心境纯净而高远，

我们渴望美好，追求真理与正义。

我们走出家门，走出校园，

带着我们青春的热血，圣洁的灵魂，

面对屠刀，面对荆棘密布的阻隔，

向未来发出心底沉痛的呼声，

我们手挽起手，朝着理想前行……

为了理想死去的人是幸福的，

我们在青春年华远去，我们永远年轻！

现实是残酷的

谁比谁幸福，
谁又比谁痛苦。

你在尘世中挣扎沉浮，
想象着别人的幸福，
隐藏自己才知道的痛苦；

做人的成本已经太高，
现实让你渐渐无语，
感到一种难以摆脱的束缚。

你脱光了身上的衣服，
面对这浮华的世界，
时刻准备着大干一场；

尘世的幸福，包含多少痛苦，
你说，现实是如此的残酷。

人的理性

人与动物的最大区别
就是人会具有理性
或者说是人比动物更具有理性

理性通过逻辑思维获得
让人找到正确的方向
暂时地远离了错误的境地

从来就没有一劳永逸的理性
随时都有失去理性的可能
人要静下心来独立思考才能保持理性

就好像心脏在跳动的间隙
不能够有太长久的停顿
理性失去的时候需要赶快地找回

暧昧的自恋者

你感觉到自己是多么的优秀，
以为全世界都围绕你转动；
你常常掺带着各种理由和借口，
诉说自己臆想中可能的成功；

你总是认为自己的运气不佳，
感叹千里马常有而伯乐不常有；
你抱怨自己一直怀才不遇，
恼恨机会不来无法大显身手；

你把简单的事情想得复杂化，
面对复杂的事情却又害怕；
你把病态的生活过成一种常态，
再用语言把自己装扮得高大；

你何时才会不再仅仅只是说，
而是明白自己需要努力地去做；
你要学会用事实证明自己，
把那暧昧的自恋者形象洗刷。

傻　人

你觉得别人是傻人
而别人却不屑于回应你
你把别人当作了傻人
还在自以为很聪明

这个世界原本没有傻人
有的都是秉性各自不同的人
只是有些人把别人当作了傻人
于是他自己就真成了傻人

那些自以为是的傻人呀
生怕别人不知道自己很聪明
什么都敢说也什么都敢做
别人替他脸红还不知道丢丑的傻人

谁又会比谁真的傻多少
不过是各自反应的快慢而已
傻人反应过来不把别人当作傻人
那么傻人也就不再是傻人

人们向死而生

如血的夕阳低垂，暮色笼罩着大地
群山如一座座坟墓，把昏暗的城市包围

高楼耸立在空中，如一块块巨大的墓碑
而你正待归去，在这苍茫的暮色里

华盛顿郊外

世界是多么的安静

我走过修割整齐的草地

几只松鼠在奔跑嬉戏

我穿行在一片茂密的森林

有鹿群悠闲漫步的身影

湛蓝的天空宽广深远

大雁们排着队飞过我的头顶

清澈的湖水泛着淡淡涟漪

鱼类和水禽生息在一起

当我爬上一面向阳的山坡

一阵风轻柔地拂过了我全身

我看见一望无际的原野上

静静地开放着各种各样的花

虽然我不知道它们的名字

但我知道一切都是那么的美丽

蒙郡时光

我和年迈的父母，在明媚的阳光中。
时光悄悄地来，又悄悄地去，
我们好像感觉不到时光的存在；
风吹动着树叶，吹动着父母的白发，
父母在不知不觉中已经变得苍老。
我们在蒙郡平静自在地生活着，
时光就这样无声无息地流过，多么好！

异乡中秋月

在远离祖国万里的异乡，
你遥望着一年一度的中秋月——
苍穹无声，寂静笼罩四野，
多少年了，多少人曾深深地凝望。

就像今夜的你，身处异国他乡，
悄然地思念起祖国的亲人和朋友：
时差相隔，把这同一轮中秋月眺望，
望着一样的圆，望着一样的亮。

是李白曾在床前举头仰望的那轮明月，
也是苏轼曾把酒询问几时有的那轮明月；
越过千年风霜，闪放岁月的光芒，
你感到来自祖国的文化的温暖力量。

在华府中餐馆

我们在这家雅静的中餐馆，

又品尝到了家乡的风味。

偶然间谈起了一些民国时的往事，

历史的风云早就翻过了一页又一页，

一切都已经成为久远的过去；

您也从满头青丝变成了白发，

一位叱咤风云的俊杰进入暮年，

人生的变幻让人多么感慨——

无论是一个人还是一个民族，

不管发生了什么事，生活也不会停止，

生活总在不断地前行不断地开始；

哪怕有着艰难曲折的历程，

内心曾留下过怎样巨大的悲伤，

只要生活在继续，一切就都在继续……

致露丝安

就像咖啡与茶

分别给你我熟悉的生活意味

就像刀叉与筷子

形态及材质迥然相异

为我们带来各自进食的便利

就像基督教与佛教

两种解读人生的方式

揭示出人世的真实隐秘

都是人类总结生命的大智慧

就像西方与东方

语言和风俗远隔万里

人们栖身共处在地球的土地

也就像你与我

只是不同经历的善良人而已

不必要的愚智

在我们平时的生活当中
所需要运用到的智慧
其实就是孩子具有的智慧

之后的成长也需要新的智慧
只是作用于消除其他干扰
确保我们以孩子的智慧去生活

那些其他干扰来自愚智
诱引生活偏离正常思维
我们或可称之为愚蠢的智慧

岁月随时光而来

成熟男人的心中隐藏着深深的疲惫，
当一个人在人世间活过了数十年，
回首时总会有许多的沧桑在心底漫延。

经历的故人往事已都不再重新出现，
所留下来的与人无法言说的一些伤痛，
也全部默默地停滞在了紧闭的嘴边。

唯有争取尽量做到不抽烟不喝酒，
以一个已婚男人的标准严格要求自己，
宽厚地看待过往，平和地面对眼前。

吃饭的意义

你说吃饭有什么意义吃什么还不是吃

不过是补充一些蛋白质和脂肪罢了

还有就是摄取一些维生素和矿物质而已

再就顶多是增添一些糖类和水什么的

都只是为了让生物学意义上的生命正常延续

除此之外还能有其他什么特别重要的意义

还能有什么意义你说啊你说你为什么不说了呢

饿了就好好地吃吧怎么着还不都是吃呀

吃什么无所谓在什么地方吃也无所谓

只有与什么人一块吃才是需要在乎的事情

这个世界会好的

年少时的我，因为听说了人类社会有着
很悠久的文明史，便满心欢喜地认为
这应当会是一个已经发展到达完美的世界，
同时暗自高兴生在这样一个高度进化了
数千年之后的时代，感到自己多么的幸运；

慢慢地长大，却发觉现实并没有那么好，
开始知道了人性的复杂与无序，渐渐懂得
人们的心灵与精神的建构并不是具有
先天的自然传承，豁然明白了世界的美好
需要每一代的人各自的不懈追求与努力！

追逐——跋涉以及向往

大瀑布

1

我想在所有的季节写上你的名字

让你在我的心中长流不止

我想在所有的时间刻画你的样子

让你在我的心中形象亘古

我永生永世追逐的大瀑布呵

我追出高山追过江河追向海洋

我是在追逐你的诞生你的成长你的归宿

我的大——瀑——布呵

2

想你似一帘秀发飘撒我的眼际

大瀑布你是一位秀丽的女孩

想你似一幅壁画直挂我的眼际

大瀑布你是一位古老的画师

我不管我是否能走进女孩的眼睛

我不管我是否能走进画师的宣纸

我不管这一切是否能够实现

但我总想走进你呵——

我的大——瀑——布

3

你可以用生命来升华我的初衷

但不必用枯萎来失落我的追逐

你已在我的心中流成了一帘秀发一幅壁画

我会抓住季节抓住时间

我会追逐江河追逐海洋

我也会在你诞生的地方等你

我的大——瀑——布呵

4

大瀑布大瀑布大瀑布

你来了——来了——来了——

你不害怕你不畏惧你不退缩

你从那高高的高高的大山上一跃而下

就这样你落成了一帘秀发一幅壁画

你是那样的勇敢那样的坚强那样的潇洒

经过那悬崖那峭壁那高空冲落下来了

你是一条站立起来的河哟

我的大——瀑——布

然而还有尽头对你构成的最后威胁

但你强劲有力地回答了：

"不——"

你化成了这个世界上最悲壮的声音哟

我的大——瀑——布

5

你走吧走吧走吧……

你走出高山走过江河走向海洋

你是我永恒不变的追逐

我的大——瀑——布呵——

大沙漠

1

告别飞鸟告别绿草告别无限生机

走进荒原走进戈壁走进一望无际

那满天都扬起了飞沙走石

大沙漠　大沙漠　大沙漠

在所有的歌声所有的人烟都消失的地方

让我坚强的双脚跋涉一条伸延的路吧

向前——向前——向前——

去寻找梦想了千百年的处女地

2

不要用风沙为我诉说一个远古的传奇

大沙漠大沙漠大沙漠呵——

我听见了远古的铃声看见了远古的驼队

但我不敢因此呼唤而破坏这难得的寂静

偶尔有老雕哀叫着盘旋我的头顶野骆驼疯狂般

奔过我的身旁

以及一丛枯草和一棵死树掠过我的眼睛

这都是大沙漠在展示他孤独的生命哟

而我不会动摇不会后悔我选择的孤寂之行

3

我将不再留恋那喧哗而激烈的都市节奏

也将不再想起母亲那渐多的白发和皱纹

那些都是我在每一个沙漠之夜告别的生活哟

远离坐在沙发上品尝咖啡的姿势

以及躺在席梦思上做的那些美梦

我将忘记失意忘记辉煌忘记一切故事

用我所有的时间在大沙漠跋涉　跋涉　跋涉

向着大沙漠最深最深的深处——前进

4

或许我将会失落罗盘我将会中断干粮

或许风将会把我吹干沙将会把我埋葬

但我的信念如初我的目标如初

我倒下的地方也必将形成一片处女地

老雕也许会把我叼走野骆驼也许会把我驮走

一丛枯草和一棵死树也许都会得到我的滋润

那么我的生命我的躯体得到了延续

我会给后来的跋涉者一片伸延生命的绿洲

5

我已逐渐淡忘了过去的一切的一切

我说过去寻找处女地去寻找处女地

我说过不再想起母亲不再想起母亲

但我实在走得太累太累想得太累太累

就让我静静地静静地躺一会儿吧

在大沙漠波涛般定格的怀抱里

我感到自己是大沙漠年轻的主人

大沙漠我跋涉的大——沙——漠呵

6

我跋涉清晨跋涉黄昏跋涉深夜

我跋涉在每一个浪漫的日子里

大沙漠我跋涉的大——沙——漠呵

大森林

1

引诱我的是大森林原始雄奇的魅力
引诱我的是大森林圣洁无邪的生灵
大森林是我向往已久的生存地
我是大森林演绎五千年的诗魂

2

鲜花和荣誉能算得了什么
铅字和奖证能算得了什么
永恒的诗总是感觉太少
就算我是逃遁大森林的吧
请——不要再来寻找我

我决定和狮子野兔们邻居
我决定和老虎山鹰们玩耍
在大森林我不必再用人的标准来衡量一切

我将于若干年后忘记人类的生活方式

以及语言表达等所谓的人类文明

我会走出定向的思维和固有的行为

我会把一切词语注入新的含义

写出的诗将贴近原始贴近生命

在大森林我也将赤裸我洁白的身子狂奔

我终于可以不再把自己包裹得严严实实了

我是大森林唯一的一个人呵

3

我不知道为什么生存

也不知道为什么写诗

那些知道的人都已经死去

只留下我在孤独地追寻

大森林是我向往已久的生存地

我不知道我真的在大森林我还会不会写诗

或许我只是追求返回原始的一种意境

而不会选择一种方式表达生命

也许我会突然忆起某些感情

也许我会怀念人类的一些人

也许我会产生返回人类的想法

而我不可能再适应人类社会

我是大森林演绎五千年的诗魂

我想我还算不算一个人呢？

而我只是利用人的方式对人类表达自己的思维

表达自己循环般徘徊着前进的思维

我想我是不是代表着一个人类一个时代？

而诗不可能真正走出国度走出语种造成的界限

我只是想用一种全新的方式解释自己的人生

我们是大森林愚弄的一群人

绝望的〇

〇感到痛苦无穷无尽的痛苦汹涌着接连不断袭
    过来

〇的神经绷得紧紧的内心剧烈冲突着陷入了沉
    思

不需要有意识促使脑袋就会自动思考许多痛苦
    的问题

反复思考着直到感到脑袋疼痛难忍了也不停下
    来

〇告诫自己时刻保持着思考认为一旦停下思考
    就等同于死亡

要求自己不断超越自己做好再做好直至更好再
    更好

认为自己做得好是极其应该的做得不好便深深
    地内疚和自责

〇希望自己同时也希望整个世界都是想象中的
    那样完美

或许是〇对一切期望太高或许是世界对人群要
    求太低

人群对现有模式不加思考地接受对虚假和丑恶
    麻木忽视

在虚假和丑恶构成的世界之中人群快乐地生活
　　着

人群是那么自私势利〇体会到人情冷暖世态炎
　　凉心中充满了沧桑

〇发现自己离梦想已经越来越远离现实正在越
　　来越近

所有的梦想在现实面前自然地一一破灭了没有
　　留下一丝希望

〇深入心灵独立思考寻找真理和正义说出了洞
　　察到的心灵隐秘

心底随即涌起的一股莫名而巨大的恐惧和害怕
　　将〇紧密地包围

空气似乎不再流动凝固得让〇呼吸艰难一点也
　　不顺畅

〇发现自己与人群之间无形中已被隔开不在同
　　一个世界上

〇处在理解别人而别人不理解自己的境地之中
　　无人可以倾诉

〇不知道这是怎么了在心底不断追问自己为什
　　么会是这样

心中一片空白被一股强烈的气流充溢着没有任
何主张

或许是○抛弃了他们或许是他们抛弃了○反正
○和他们不一样

见到人的时候○沉默着小心翼翼不知道自己应
该怎么做

到底是应该面带微笑还是应该面无表情不知道
哪样好

不知道应该说些什么别人说话不知道自己应该
回答些什么

○感到语言沉重而恐怖害怕说话内心一阵阵虚
脱非常难受

○迷失了自己不知不觉陷入到了一片深深的混
乱之中不能自拔

不知道什么是对什么是错什么是好什么是坏○
什么也不知道

时刻处在恐慌和焦虑对自己强烈的包围之中感
到很紧张

任何人的一句话语一个表情都让○的心灵惶恐
不已

自己的一句话语一个表情也常常把自己惊吓一
　　跳

并且都在心中引起反复地思考但结果都是深深
　　地伤害自己

○发现自己已经一点也不了解任何人包括一点
　　也不了解自己

感到与人交往特别艰难浑身不舒服不自在不愿
　　意与人交往

害怕自己的言行伤害了别人同时害怕自己被别
　　人的言行伤害

外界任何一丝风吹草动都惊扰着○的心灵让○
　　煎熬不已

○没有了哪怕一丝自我保护心灵的能力面对伤
　　害只有无能为力

心灵总是不断地受到各种各样的伤害痛苦已经
　　越来越深

没有快乐只有痛苦偶尔短暂的快乐也是建立在
　　痛苦的基础上

○不要痛苦但是有无穷无尽的痛苦○怎么也快
　　乐不起来

总是感到所有的人都在背后注视着自己谈论着
自己嘲笑着自己

来自外界的影响和发自内心的彷徨让〇无法自
由地活下去

〇想逃避一切逃避所有的眼睛所有的耳朵所有
的嘴巴〇只想逃避

突然〇发现世界是这么小自己无处可逃只好整
天躲在房间里

〇时刻痛苦着脑袋时刻不停地思考着各种各样
的问题

思考没有禁区〇在心灵的不归路越走越远尽情
放纵自己

越思考越清醒越思考越痛苦脑袋快速地思考着
渐渐失去了控制

〇清醒地看到现实中全是虚假和丑恶看不到真
实和美好

〇痛苦难耐得在房间里困兽般狂躁地转来转去
失去了理智

整个房间都似乎燃烧起来了〇在火海之中四处
挣扎惊惶无措

极力承受着巨大的痛苦猛烈地焚烧自己○感到
　　生不如死

痛苦时刻吞噬着○的心灵让○焦虑不安躁动不
　　定没有一刻的平静

总是感到有许多事需要做又不知道做什么事好
　　便什么也没有做

○整天无所事事心神不宁感到内心时刻有着起
　　伏巨大的变化

这种变化在恐惧害怕彷徨焦虑狂躁之间徘徊与
　　快乐无关

不顺眼不顺心的事太多随时随地都会遇到心中
　　燃烧着团团怒火

痛苦在心中积聚得越来越多压抑着随时随地期
　　待发泄

○常常感到有人在眼前晃动在耳旁说话刺激着
　　自己的情绪

○努力控制着希望自己情绪稳定能够做得好但
　　是怎么也控制不了

常常说出失常之语做出失常之举过后又深深地
　　内疚和自责

○更加痛苦导致情绪更加失控又说出失常之语
　　做出失常之举

过后○更加深深地内疚和自责又导致自己更加
　　痛苦

这样周而复始恶性循环一天又一天痛苦没有尽
　　头

心灵的压力越来越大不堪承受神经绷得紧紧的
　　像要断裂

○感到自己被恶魔缠住了无论何时何地都无法
　　逃避

常常几天几夜睡不着有时好不容易睡着了恶魔
　　也会跟进睡梦里

将○从睡梦里吓醒张着惶恐不安的双眼气喘吁
　　吁胆战心惊

○整夜整夜地失眠感到黑夜是那么漫长恐惧时
　　刻弥漫在周围

看不到明天看不到快乐只有无穷无尽的痛苦把
　　○包围

○失去了白天和夜晚的概念整天迷迷糊糊不知
　　道多少天过去了

感到每天吃饭只不过是在例行多年养成的一种
　　习惯而已

心悬着空空的时刻处在一片恐慌之中没有任何
　　把握

脑袋里一片混乱〇不知道以后的一切明天自己
　　又将在哪里

〇感到痛苦极了长长地嘘了一口气却嘘不出胸
　　中的郁闷

想到脑袋如果能够停止思考自己没有了痛苦那
　　该有多么好

〇极力引导脑袋停止思考但脑袋却告诫自己时
　　刻保持着思考

神经绷得紧紧的剧烈冲突着快速思考就是停止
　　不下来

不管怎样都控制不了脑袋不停地思考让自己感
　　到极其痛苦的问题

痛苦撕扯着〇的心灵〇感到五脏俱焚整颗心都
　　被撕碎了

〇渴望有重物猛烈地击打自己的脑袋让它不能
　　够继续思考

或者去医院做脑叶切除手术让自己彻底丧失思
　　考和痛苦的功能

只有这样自己才能停止思考没有了痛苦也能感
　　受到快乐

○感到疲惫满心身的疲惫一种刻骨铭心只能体
　　会无法言传的累

也想随意一点不要那么紧张但○不苟言笑就是
　　放松不下来

即使明白自己怎么做才是好哪怕只是伸手可及
　　○就是做不到

○感到自己是这个世界上最不幸的人所有的人
　　都比自己要快乐

生命太长痛苦太多并不是梦想和希望所能包含
　　的容量

连虚假的回忆都不能够给自己哪怕一丝错误的
　　慰藉

○明白是自己也只有自己摧毁了自己心灵中原
　　有的一切

自己全盘否定了以往的价值观念却又面临着人
　　生目的的难以找寻

○找寻不到了迷失的自己○是谁而在这个世界
　　谁又是○

○发现自己与世隔绝离人群越来越远与这个世
　　界已经完全陌生

这个世界的一切属于他们一切与○无关只有○
　　的生命属于○自己

○无法与他们融合也无法保持自己独立○感到
　　自己活得好累

感到生命充满太多的苦难和坎坷活下去需要太
　　大的勇气

不管是痛苦还是快乐人总是会死的○不知道活
　　着又有什么意义

○感到一切都是虚假一切都是丑恶以前都是生
　　命在欺骗自己

生命在痛苦之中毫无目的一天天无聊地逝去如
　　同慢性自杀

活着对于○是无尽的痛苦折磨已经没有任何意
　　义

一切都没有意义包括活着也没有意义○只有不
　　相信和怀疑

○不相信一切也不相信自己○怀疑一切也怀疑
　　自己

怀疑自己在这个世界是否真的存在或许自己只
　　是活在一个幻影里

○的灵魂空虚没有一切○一无所有心灵正在快
　　速地枯萎

没有了梦想没有了希望○的心灵已经成为一片
　　荒地

这个世界的一切对○来说都不重要了没有了诱
　　惑和吸引

○没有了任何留恋和牵挂剧烈冲突着极力思考
　　活着还是死去

脑袋里满满的似乎要爆炸一阵昏眩身体摇晃着
　　似乎要倒下

神经绷到了极点支撑不住咔嚓一声断裂了○惊
　　恐万状大叫起来

空空的胸膛想拥抱住一些什么哪怕是半根腐朽
　　的稻草也行

世界安静极了没有·丝声音好像所有的人都已
　　经死去

在这个精神休克的世界〇感到自己清醒得快要
　疯了

〇想自己是否疯了或许已经疯了只是自己并不
　知道了

〇瞪着一双空洞无物的眼睛孤独地望着这个滑
　稽可笑的世界

突然发现自己还在这个世界活着是多么悲哀的
　一件事情

〇死又死不了活又活不好神形俱散如同一具行
　尸走肉

心灵已经死去了〇的生命一片昏暗活在无穷无
　尽的黑夜里